yo siempre te querré

HANS WILHELM

EDITORIAL JUVENTUD, S.A. • BARCELONA

Dedicado a LEA

YO SIEMPRE TE QUERRÉ
Copyright © 1985 by Hans Wilhelm
Todos los derechos reservados.
Published by arrangement with Crown Publishers, Inc.
© de la traducción española:
Editorial Juventud, 1989
Traducción de Carina Esteve Gomis
Primera edición, 1989
Depósito legal, B. 18.590-1989
ISBN 84-261-2404-6
Núm. de edición de E.J.: 8.088
Impreso en España - Printed in Spain
T.G. Hostench, S.A. Barcelona

Ésta es la historia
de Elfi, la mejor
perrita del mundo.

Elfi y yo crecimos juntos, pero ella creció
mucho más aprisa que yo.

Me gustaba apoyar la cabeza sobre su piel caliente.
Soñábamos juntos.

Mi hermano y mi hermana también
querían mucho a Elfi.
Pero Elfi era *mi* perro.

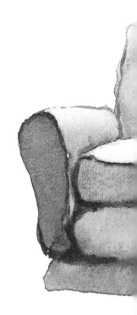

Todos los días, Elfi y yo
jugábamos juntos.

A Elfi le encantaba perseguir a las ardillas

y escarbar entre las flores del jardín de mi madre.

A veces, Elfi hacía
alguna diablura, y
entonces mis padres
se enfadaban
y la reñían. Pero
la seguían queriendo
mucho.

Sólo que nunca se lo habían
dicho. Pensaban que Elfi
ya lo sabía.

Los años pasaron muy aprisa.
Yo crecía hacia lo alto,
hacia lo alto,
y Elfi crecía hacia lo ancho,
hacia lo ancho.

Cuantos más años
tenía Elfi, más dormía.
Ya no quería salir
de paseo como antes.
¡Aquello me preocupaba!

Llevamos a Elfi al veterinario.
No había nada que él pudiera hacer.
—Elfi se está haciendo vieja
—dijo el veterinario.

A Elfi cada vez le costaba más
subir las escaleras.

¡Pero *tenía* que dormir en mi cuarto!

Le puse un almohadón muy blando
para que estuviera más cómoda.
Cada noche, al acostarnos, le decía:
—Yo siempre te querré.
Sé que Elfi me entendía.

Una mañana me desperté
y vi que Elfi había muerto
durante la noche.

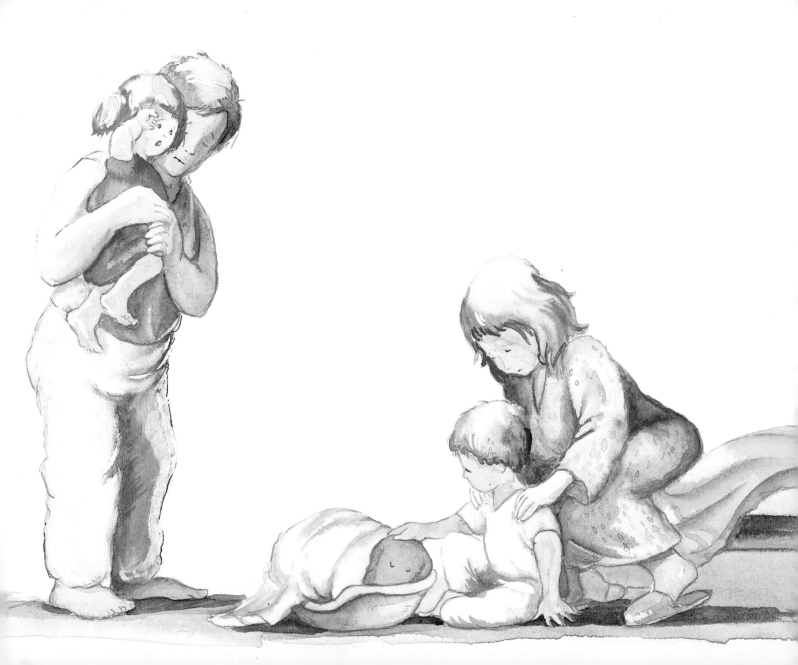

Entre todos enterramos a Elfi.
Lloramos y nos abrazamos
para consolarnos.

Mi hermano y mi hermana querían mucho a Elfi,
pero nunca se lo habían dicho.

Yo también estaba muy triste, pero me consolaba
pensar que cada noche le había dicho:
—Yo siempre te querré.

Un vecino mío me ofreció un cachorro.
Sé que a Elfi no le hubiera importado,
pero le dije que no.

Lo que hice fue regalarle la cama de Elfi.
Le hacía más falta que a mí.

Algún día tendré otro perro,
o un gato, o un pez de colores.
Sea lo que sea, cada noche le diré:
—Yo siempre te querré.